Brigitte Anna Lina Wacker

SOLARAS TRAUM

Herstellung und Verlag
BoD - Books on Demand, Norderstedt
ISBN 978-3-7431-1658-0

Ohne ausdrückliche Genehmigung ist es nicht gestattet, das Buch oder Teile daraus zu vervielfältigen.

**Text, Fotografien und Illustration:
Brigitte Anna Lina Wacker
Alle Urheberrechte bei der Künstlerin**

Das Geschenk

Es war eine dunkle regenverhangene Nacht.
Still und einsam stand eine junge Frau am Rand der breiten Straße, die stadteinwärts führte. Sie fühlte sich hilflos und alleine. Vor einer Stunde hatte sie die Wohnung verlassen, die sie mit ihrem Lebensgefährten Marius seit einigen Monaten teilte.
Sie hatten heftig gestritten. An diesem Abend gab es keine Versöhnung, kein liebes Wort. Schweigend war Marius unvermutet in das gemeinsame Schlafzimmer gegangen, um sich zur Ruhe zu legen. Er hatte nicht auf ihre Fragen geantwortet, sondern die ganze Zeit geschwiegen, wie immer.

Der Anlass der Auseinandersetzung lag gewaschen im Kleiderschrank. Sie hatte in einer Boutique einen wunderschönen grün-weiß melierten Pullover gekauft, der herrlich zu ihren grünen Augen passte. Das Material war seidig weich und sie liebte dieses Kleidungsstück vom ersten Augenblick an. Statt sich mit ihr zu freuen, hatte Marius sie nur wortlos angesehen. Er mochte diese Farbe nicht, besser gesagt, er konnte grün überhaupt nicht ausstehen und forderte sie mit harter Stimme auf, diesen Pullover sofort umzutauschen, andernfalls würde er mit ihr kein Wort mehr sprechen. Entsetzt bemerkte sie seine heftige Reaktion, war aber nicht bereit, auf seine Forderung einzugehen.

In letzter Zeit waren seine Wutausbrüche immer heftiger geworden. Nichts konnte die junge Frau ihrem Partner recht machen. Entweder die Frisur gefiel ihm nicht oder die Ärmel an der Bluse waren, wie er sagte, wie bei einer Rockerbraut aufgekrempelt. Mal war der Rock zu kurz oder sie hatte den falschen Käse eingekauft. Mal waren es die Brötchen, die nicht schmeckten, mal war es der Kaffee. Wehe, sie hatte unbekannte Gewürze oder Kräuter beim Kochen verwendet. Sogar das Obst war ihm an manchen Tagen zu sauer.
Egal, was die junge Frau tat, es war immer falsch. Dabei gab sie sich wirklich alle Mühe, ihrem Lebensgefährten das Leben so angenehm wie möglich zu machen.

Bis vor kurzem hatte sie als Verkäuferin in einer Modeschmuck-Boutique gearbeitet. Sie galt als freundlich, absolut zuverlässig und aufgeschlossen und hatte zudem ein gutes Gespür für die kommenden Modetrends.
Wann immer eine Kundin besondere Wünsche äußerte, war sie bemüht, diese auch zu erfüllen. Ihre zuvorkommende Art war bei den Kundinnen beliebt. Trotz der guten Umsätze wurde die Boutique vor kurzem geschlossen und die darauf folgende

Arbeitslosigkeit war nur schwer zu ertragen. Viel schlimmer jedoch war, dass sie ihre kleine Altbauwohnung aufgegeben und Marius unermüdlichem Drängen, bei ihm einzuziehen, nachgekommen war.

Sie kannten sich seit drei Jahren. Er war immer hilfsbereit, zärtlich und liebevoll gewesen. Doch vor einigen Monaten änderte sich sein Verhalten schlagartig und das Leben an seiner Seite wurde unerträglich. Manchmal kam es ihr vor, als bräuchte es nur noch eine Kleinigkeit, und er würde sie schlagen.

Sie wusste keinen Ausweg aus dieser Situation. Das Arbeitslosengeld war knapp und eine neue Arbeit momentan nicht in Sicht. Der Versuch, im nahe gelegenen Supermarkt eine Anstellung als Kassiererin zu bekommen, schlug fehl, denn der Ansturm auf diesen Job war groß.

Die Verzweiflung trieb die junge Frau des Nachts immer wieder zu der viel befahrenen Bundesstraße. Dort verbarg sie sich hinter den großen Bäumen im Seitenstreifen mit der Absicht, sich bei passender Gelegenheit vor einen der vorbeirasenden Lastkraftwagen zu werfen, um dem Desaster ihres Lebens zu entgehen und für immer Ruhe zu finden.

Der Regen hatte aufgehört, sogar der Wind verstummte. Der nächste Lastwagen kam mit großen Scheinwerfern angefahren. Gleich würde sie soweit sein und den ersten Schritt auf die Straße machen, dann den zweiten und alles wäre vorüber.
Das Mondlicht brach durch die Wolken und glitt silbrig durch das Geäst der Bäume. Gerade als sie sich entschlossen hatte zu gehen, entdeckte sie auf der anderen Straßenseite schemenhaft eine alte gebeugte Frau, die zu ihr herüber schaute. Die junge Frau erschrak. Der schwere Lkw brauste donnernd an ihr vorüber. Die Chance war vertan. Wie gebannt starrte sie auf die gegenüberliegende Straßenseite, doch die Alte war weit und breit nicht mehr zu sehen.
Tränen strömten über ihre Wangen. Schweren Herzens verließ sie ihren Platz zwischen den Bäumen und machte sich zögernd auf den Weg nach Hause.

Leise ging sie in das Badezimmer, um sich zu entkleiden und für die Nacht fertig zu machen. Sie legte sich, ohne noch einmal das Licht anzuschalten, auf ihre Seite des breiten Doppelbettes und fiel in einen unruhigen Schlaf. Als die junge Frau am nächsten Morgen erwachte, war ihr Lebensgefährte bereits zur Arbeit gegangen. An der benutzten Kaffeemaschine sah sie, dass Marius bereits gefrühstückt hatte.

Er schien vom nahen Bäcker nur für sich selbst Brötchen geholt zu haben. Das war seine Art, sie wortlos abzustrafen.
Nach einer erfrischenden Dusche machte sie sich seufzend auf den Weg, um auch für sich selber Brötchen zu holen und sich wenigstens ein kleines Frühstück zuzubereiten. Sie spürte nicht die wärmenden Sonnenstrahlen, die den nahenden Frühling ankündigten, sondern sie schien sich in einem dunklen Kokon zu bewegen. Auch bemerkte sie die lächelnden freundlichen Menschen auf der Straße nicht. Still und stumm bewegte sie sich marionettengleich.

„Warum?" Fragen über Fragen durchzogen ihre Gedanken.
„Warum bin ich mit ihm zusammengezogen? Warum habe ich meine Wohnung aufgegeben? Warum habe ich seinem Heiratsversprechen geglaubt? Warum finde ich keine Arbeit? Warum…."
Die Fragen drehten sich wie ein Rad in ihrem Kopf, jedoch fielen ihr keine Antworten ein.
Sie hatte ihre Selbständigkeit aufgegeben und ihr Selbstwertgefühl ebenfalls.

Zu ihrer Mutter gab es keinen Kontakt mehr. Sie war ein Kind der Schande, unehelich, unerwünscht, ein Bastard eben.
Die Großeltern hatte sie nicht kennen gelernt.

Ob diese überhaupt von ihrer Existenz wussten? In der Schule hatte sie lediglich mäßige Leistungen erbracht und war somit froh gewesen, als die Schulzeit endlich vorüber war. Eine Lehre hatte sie nicht machen dürfen, denn schließlich wollte ihre Mutter, dass sie endlich auf eigenen Beinen stehen und Geld verdienen sollte.
Die Arbeit als Verkäuferin brachte zwar nicht viel Geld ein, aber es reichte knapp zum Leben. Ihre 1 ½ Zimmer-Wohnung war für sie ein kleines Paradies gewesen.

In der Zeitung suchte sie täglich nach Stellenanzeigen, doch es gab einfach keine Angebote für eine ungelernte Kraft. Was sollte sie nur anfangen mit diesem Tag? Das Haus war geputzt und das Essen würde sie gegen Abend zubereiten. Es blieb viel zu viel Zeit übrig, die sie nicht zu füllen wusste.
Die junge Frau verließ die Wohnung, um zur nahe gelegenen Eisenbahnbrücke zu gehen und den durchfahrenden Zügen nachzusehen. Die Brücke war alt und schmal. Es gab lediglich einen kleinen Bürgersteig an der einen Seite. Von dort konnte man Richtung Bahnhof schauen. Güterzüge donnerten unter ihr vorbei und hinter ihr rasten die Autos und Lastwagen bedrohlich nahe vorüber.
Wenn sie sich nur ein bisschen weiter über die Brüstung lehnen würde, dann…!

Weiter kam sie nicht mit ihren Gedanken, denn sie bemerkte einen Schatten neben sich. War das nicht die alte gebeugte Frau, die gestern Nacht am Straßenrand gestanden hatte? Plötzlich war die Alte direkt neben ihr. Mit ihren gütigen Augen und einem freundlichen Lächeln wirkte sie sehr vertrauenerweckend.

„Erschrecken Sie bitte nicht", sagte sie leise, „ich sah Sie gestern einsam am Rande der Straße stehen. Und auch jetzt machen Sie einen ganz verlorenen Eindruck. Ich dachte mir, wir könnten ein kleines Stück des Weges gemeinsam gehen und uns ein wenig unterhalten. Sie sehen so traurig aus, vielleicht kann ich Ihnen helfen."

Verstört sah die junge Frau auf. Ihre Augen füllten sich mit Tränen.

„Nun kommen Sie schon", sagte die Alte. „Ein bisschen Gesellschaft wird Ihnen gut tun."

Schweigend gingen die beiden Frauen über die Brücke in Richtung Bahnhof und bogen dann nach links ab in ein kleines Waldstück. Die frische Luft sorgte für klare Gedanken und die Sonne durchstrahlte die dunklen Bäume.

„Ich heiße Esperanza", begann die Alte das Gespräch. „Das bedeutet „Hoffnung". Der Name mag ungewöhnlich klingen, aber meine Eltern konnten eigentlich keine Kinder bekommen. Doch meine Mutter gab die Hoffnung nicht auf. Sie betete viel und bat Gott, er möge ein Wunder geschehen lassen. Als sie dann mit 35 Jahren unvermutet schwanger wurde, war das Glück meiner Eltern unbeschreiblich. Sie fühlten sich von Gott gesegnet und konnten ihr Glück kaum fassen. Meine Mutter sagte, ich sei ihr Sonnenschein gewesen vom ersten Moment an.
Ich würde mich sehr freuen, wenn auch Sie mir jetzt Ihren Namen verraten würden. Und es wäre mir äußerst lieb, wenn wir beide uns mit *„Du"* anreden könnten. "

Die junge Frau errötete sanft. „Mein Name ist Sonja, Sonja Martens", stellte sie sich leise vor.

„Welch ein schöner Name. Ich weiß zwar, dass dieser Name „die Weise" oder „Weisheit" bedeutet, aber er bedeutet auch „die Träumende" oder „die für die Wahrheit Kämpfende". Welchen Traum lebst du denn, liebes Kind?"

„Ich glaube, ich habe keine Träume", stotterte Sonja hilflos. Schon wieder wollten sich ihre Augen mit Tränen füllen.

„Ich finde das nicht schlimm", meinte die alte Frau mit sanfter Stimme. „Es gab eine Zeit, da hatte auch ich meine Träume verloren. Aber glaube mir, deine Träume schlafen nur. Sie sind alle da, denn du bist noch jung. Du kannst sie wieder zum Leben erwecken. Und wenn du möchtest, dann helfe ich dir dabei. Erzähle mir doch ein wenig aus deinem Leben."

Zögernd begann Sonja, von ihrer Arbeitslosigkeit zu berichten. Sie wunderte sich über sich selbst und dass sie einer völlig fremden Person so vieles preisgab. Und doch war vom ersten Moment an Vertrautheit zwischen ihnen. Sie erzählte aus ihrer Kindheit, der schwierigen Schulzeit und dass sie bis zum heutigen Tage nicht erfahren hatte, wer eigentlich ihr Vater sei. Ihre Mutter hatte ausschließlich preisgegeben, dass sein Vorname Alexander sei. Sie berichtete von ihrem Lebensgefährten und wie es ihr in letzter Zeit mit ihm ergangen war.
Esperanza hörte schweigend zu, nur ab und zu schüttelte sie leicht den Kopf oder nickte zustimmend.

„Du hast dir dein Leben selbst gewählt", sagte sie urplötzlich. „Du hattest dir vorgenommen, in diesem Leben viel zu lernen. Es gibt so vieles, was ich dir jetzt sagen könnte, aber du würdest mich noch nicht verstehen. Ich kann dir nur eines sagen, Gott hat dich unbeschreiblich lieb und an dieser Liebe kannst du dich festhalten. Sie verlässt dich nicht, wo immer du bist. Menschen verlassen oder enttäuschen dich. Aber die Liebe Gottes verlässt dich nie. Du hast Aufgaben im Leben bekommen, die du lösen kannst und musst. Aber sei sicher, diese Aufgaben kannst du alle lösen. In jeder Frage steckt bereits eine Antwort und in jedem Problem steckt ebenso eine Lösung.
Höre auf deine innere Stimme, sie hilft dir dabei. Es ist die leise Stimme in dir, nicht die laute."

Die Alte verstummte. Sie sah auf dem Waldweg etwas Silbriges glänzen.
„Bitte, Liebes, magst du dich für mich bücken? Da liegt etwas direkt vor meinen Füßen und schimmert so geheimnisvoll. Meine Knochen sind schon etwas morsch und in meinem Alter sind manche Bewegungen doch sehr beschwerlich."

Sonja schaute auf den dunklen Waldboden und entdeckte ein kleines silbernes Kreuz.

Vorsichtig hob sie es auf, wischte es liebevoll sauber und überreichte es Esperanza.

„Na, so etwas", staunte Esperanza. „Ein solches Kreuz habe ich vor über sechzig Jahren von meiner Mutter geschenkt bekommen. Es war ein geweihtes Kreuz, das mich mein Leben lang beschützen sollte, doch vor vielen Jahren habe ich es verloren." Sie drehte und wendete erstaunt das kleine Schmuckstück. „Es ist für mich gerade so wie ein Wunder."

Sichtlich bewegt sah Sonja auf das kleine Silberkreuz. Esperanza nestelte in ihrer großen Manteltasche und zog ein Lederband hervor. Sie fädelte das Kreuz auf das Band und verknotete dieses sorgfältig. Dann legte sie es Sonja mit einem liebevollen Lächeln um den Hals.

„Aber das kann ich nicht annehmen", sagte die junge Frau zögernd. „Du kannst es nicht einfach weiterverschenken. Vielleicht hat der Regen es nach all den Jahren hervorgespült und es ist genau das Kreuz, das deine Mutter dir schenkte."

„Doch, das kannst du annehmen", entgegnete Esperanza. „Ich glaube, du bist diejenige, die ein Wunder gut vertragen kann. Ich trage das Geschenk der Liebe meiner Eltern immer in meinem Herzen. Es ist nicht an einen Gegenstand gebunden. Aber ich möchte, dass du etwas hast, an dem du dich festhalten kannst, wenn es schwierig wird in deinem Leben.

Ich weiß, wie es um dich steht. Ich habe dich im Dunkel der Nacht gesehen.
Ich weiß, dass du gehen wolltest.
Ich weiß auch, dass du springen wolltest. Glaub mir, das Leben ist zu schön und viel zu kurz, um es selber zu beenden. Vor allen Dingen nicht wegen eines anderen Menschen. Das lohnt nicht. Du lebst einzig und allein für dich und für niemanden sonst. Und du hast nur dieses eine kostbare Leben. Achte und schütze es. Du bist es wert, geliebt zu sein. Allerdings musst du dich zuerst einmal selber lieben und nicht so lieblos behandeln, wie es deine Mutter tat. Denn das ist ihre Sache und geht dich nichts an.

*Wenn du dich liebst, dann liebt dich jemand. Nämlich **du** selbst. Du bist das Kostbarste, das Einmalige, das Wesentliche deines Lebens.*
Also, gehe deinen Weg weiter und fasse Mut.
*Wenn du durch Nebel gehst, siehst du den Weg nicht mehr, der vor dir liegt. Dann halte für kurze Zeit inne. Aber bleibe nicht stehen vor lauter Angst. Und bedenke: Es geht nicht immer nur geradeaus und du hast nicht immer vorgefertigte Straßen, auf denen du wandern kannst. Manchmal musst du dir einen eigenen Weg durch deinen Urwald bahnen. Aber vergiss nie, es ist immer **dein** Weg, den du gehst. Wandere nicht auf ausgetretenen Wegen. Dort sind viele andere schon gegangen. Vielleicht führen sie dich in die Irre. Achte auf die Gegebenheiten. Orientiere dich und gib nicht auf.*
Weine, wenn dir zum Weinen ist. Das reinigt die Seele. Gehe, wenn dir zum Gehen ist. Das bringt dich weiter voran. Aber gehe auf der Erde und nicht in den Tod. Der Tod kommt noch früh genug. Wenn du die Bibel kennst, dann steht dort irgendwo, dass du dich vor allen Dingen freuen sollst. Und es gibt so vieles, über das man sich freuen kann, glaube es mir."

Esperanza blieb stehen. „Liebe Sonja, für heute lasse ich dich alleine. Morgen bin ich zur gleichen Zeit wie heute auf der Brücke und warte auf dich. Aber jetzt muss ich gehen. Bitte gehe auch du jetzt nach Hause und denke über alle heutigen Geschehnisse nach."

Sie nahm liebevoll Sonjas Gesicht in beide Hände und sagte leise: „Du hast ein ganz liebes Gesichterl, weißt du! Du siehst meinem über alles geliebten Sohn sehr ähnlich. Du hast wie er grüne, klare und große Augen und auch so herrliche Locken." Esperanza drehte sich um und verschwand lautlos im aufsteigenden Morgennebel.

Die hölzerne Kugel

Als Sonja am nächsten Morgen noch vor dem Weckerklingeln erwachte, galten ihre ersten Gedanken ihrer neuen Freundin Esperanza. Sie freute sich auf diesen Tag und sprang fröhlich aus ihrem Bett. Marius war in der letzten Nacht nicht nach Hause gekommen. Auch hatte er ihr keine Nachricht auf dem Anrufbeantworter hinterlassen.

Sonja versuchte, ihn per Handy zu erreichen, doch leider war am anderen Ende lediglich die Mailbox. Sie hatte keine Lust, eine Nachricht zu hinterlassen und ging in das Badezimmer, um zu duschen und sich anzukleiden. Sie wählte den neuen Pullover und freute sich schon, sein seidig weiches Garn auf der Haut zu spüren. Dann eilte sie zum nahe gelegenen Supermarkt, um sich Brötchen und eine Tageszeitung zu besorgen. Schließlich wollte sie bei einer Tasse Kaffee die Stellenangebote durchsehen.

Sonja wurde enttäuscht, denn wieder war keine passende Arbeit für sie im Angebot.
Nach dem Frühstück beeilte sie sich mit dem Hausputz, denn sie wollte sich nicht nachsagen lassen, dass sie den gemeinsamen Haushalt vernachlässigte.
Schnell bügelte sie noch die zahlreichen Oberhemden ihres Lebensgefährten, goss die wunderschönen Orchideen im Wohnzimmer und eilte dann fröhlich aus der Wohnung.

Der Himmel war leicht bewölkt und ein lebhafter Wind zerzauste Sonjas frisch gebürstete Lockenmähne. Es schien die junge Frau nicht zu stören. Wie lange schon war es her, dass sie so fröhlich und beschwingt durch die Straßen geeilt war.
Esperanza wartete bereits am vereinbarten Treffpunkt. Sie freute sich sehr, eine lächelnde Sonja auf sich zu eilen zu sehen.

„Guten Morgen, meine Liebe. Du siehst wundervoll aus!"

„Guten Morgen, Esperanza. Ich habe mich sehr auf dich gefreut. Der gestrige Tag hat mir so gut getan. Ich konnte kaum die Zeit abwarten, dich wiederzusehen."

Die beiden Frauen beschlossen, ein Stück am Waldrand spazieren zu gehen. Doch schon nach kurzem Weg fröstelte Esperanza.
„Es geht mir nicht gut, mein Liebes. Bitte lasse uns umdrehen. Ich bringe dich noch ein Stück des Weges, aber dann muss ich dich leider für heute schon alleine lassen."
„Kann ich dir irgendwie helfen?" Sonja war ratlos.
„Mach dir keine Sorgen um mich", lächelte Esperanza. „Es geht mir sicherlich bald wieder besser."

Schweigend gingen die beiden Frauen zurück bis zur Brücke, dann bogen sie ab in die kleine Einkaufsstraße, an deren Ende sich eine winzige Bäckerei mit angrenzendem Café befand. Inzwischen ging es auf die Mittagszeit zu.
„Hast du das Schild im Schaufenster gesehen?", fragte Esperanza.

„Nein, welches Schild meinst du?"

„Schau doch! Direkt neben dem Türgriff!

Die Besitzerin sucht eine Teilzeitverkäuferin als Schwangerschaftsvertretung. Wäre das nicht etwas für dich, mein Kind?"

„Ich glaube nicht", zögerte Sonja. „Ich habe das ja nicht gelernt. Die suchen sicherlich eine Bäckerei-Fachverkäuferin."

„Also, an deiner Stelle würde ich einmal nachfragen. Vielleicht hast du eine Chance? Du benötigst dringend eine Arbeit und hast doch auch Schmuck verkauft, ohne dieses gelernt zu haben. Also nun mal hinein mit dir und erkundige dich."

Nach kurzem Zögern öffnete Sonja die Eingangstür und bat um ein kurzes Gespräch mit der Chefin. Frau Resebohm war eine resolute aber freundliche Frau und Sonja fand sie sofort sympathisch. Es folgte ein kurzes Gespräch mit dem Resultat, dass sie am nächsten Vormittag um zehn Uhr ihren Probetag beginnen sollte. Die Arbeitszeit sollte um ca. 16 Uhr enden. Danach würde die Chefin entscheiden, ob sie für diese Arbeit geeignet sei.

Sonja freute sich, dass das Gespräch gut verlaufen war und auch darüber, dass Esperanza vor der Tür auf sie wartete. Diese erkannte sofort an dem strahlenden Gesicht, dass das Gespräch positiv verlaufen war.

„Welch eine schöne Nachricht heute Vormittag", freute sie sich.

„Ich bin total aufgeregt", lachte Sonja. „Ich hoffe, dass ich morgen alles gut schaffe. Dann beginnt für mich ein ganz neues Leben. Ich bin ja so gespannt, was Marius dazu sagt."

„Ob es ratsam ist, ihm davon zu erzählen?", meinte Esperanza zweifelnd. „Du weißt nicht einmal, wo er die letzte Nacht verbracht hat. Was ist, wenn du morgen einen Fehler machst und die Arbeit nicht bekommst? Ist er dann ein verständnisvoller Partner oder reagiert er abfällig? Schließlich hat er dich in letzter Zeit nicht gerade liebevoll behandelt!"

„Ich überlege es mir noch einmal", antwortete Sonja zögernd. „Manchmal weiß ich tatsächlich nicht mehr, was richtig ist."

„Es geht letztendlich nicht darum, was Marius von dir oder über dich denkt. Wichtig ist doch ganz alleine, dass du deinen Weg weiter gehst." Esperanza nestelte wieder in ihrer großen Manteltasche herum und holte eine kleine Holzkugel hervor.

„Ich habe dir etwas mitgebracht. Vielleicht fragst du dich nun, warum ich dir eine Kugel schenken möchte. Nimm sie bitte und schau sie dir an.
Sie gleicht deinem Leben, wie auch der Erde und dem ganzen Universum. Egal, wie du sie drehst, du siehst immer etwas anderes.
Sie symbolisiert die Schöpfung. Achte immer darauf, dass in deinem Leben alles rund läuft. Schau dir die Oberfläche an. Kein einziger Punkt darauf gleicht dem anderen, so wie kein Tag dem anderen gleicht. Sei und bleibe neugierig, schau weiter und nicht nur auf den Punkt oder Tag, der dir nicht gefällt. Der Schöpfer dieses Universums, der auch dein Schöpfer ist, hat alles unvergleichlich und einzigartig gemacht, so wie jede Linie, jeder Schatten, jeder Lichtpunkt auf dieser Kugel einzigartig ist.

Werte nicht, schau nach vorne und gehe deinen Weg weiter. Vor allen Dingen aber sein achtsam mit dir selbst.
Es ist deine Kugel, es ist dein Leben, es ist dein Universum."

Esperanza nahm Sonja in ihre Arme und versprach ein Wiedersehen am übernächsten Tag. Sonja sah zum Himmel. Eine dunkle Wolke verdeckte plötzlich die Sonne und als sie sich umdrehte, war Esperanza schon verschwunden.

Die Chance

Sonja verbrachte die Nacht notdürftig im Wohnzimmer auf der unbequemen Ledercouch. Am Abend zuvor war Marius mürrisch nach Hause gekommen. Sie hatte ein leckeres Goulasch gekocht mit Kartoffelpüree und Rotkraut. Aber es wurde nichts aus dem gemeinsamen Essen, denn sie trug noch immer ihren Lieblingspullover. Als Marius sie damit erblickte, drehte er sich wortlos um und verließ die Wohnung, ohne sie auch nur eines weiteren Blickes zu würdigen. Ein lautes Türenknallen verstärkte seinen unfreundlichen Abgang.

Als er kurz vor Mitternacht angetrunken nach Hause kam, fasste Sonja allen Mut zusammen und fragte ihn, ob er wolle, dass sie ihn verlasse. „Das musst du schon selber wissen!", war seine Antwort.

Als Sonja in der Frühe erwachte, stand die Sonne schon hoch am Himmel. Es blieb nur noch wenig Zeit zum Duschen und Ankleiden. Sie war aufgeregt. Eilig brühte sie sich eine Tasse Tee, denn für ein Frühstück war es leider zu spät. Im Kühlschrank fand sie einen Joghurt und zum Glück lagen auch noch Äpfel in der blauen Obstschale auf dem Küchentisch. Die Zeit war knapp, sie musste sich beeilen. Pünktlich um 10 Uhr stand Sonja in der Bäckerei vor ihrer neuen Chefin.

Frau Resebohm bediente persönlich an diesem Tag die Kunden der Bäckerei. Sonja hatte in den ersten zwei Stunden nichts weiter zu tun als zuzuschauen, sich die Brot- und Brötchensorten zu merken und überflüssige Brotkrumen sofort wegzuwischen. Dann durfte sie endlich die erste Kundin bedienen, das Geld entgegennehmen und in die Kasse buchen.

Frau Resebohm war begeistert, wie schnell Sonja ihre Aufgaben begriff und erledigte. Ihre freundliche zuvorkommende Art, mit Kunden und Kundinnen umzugehen, brachte ihr von Anfang an viel Sympathie ein. Die ungewohnte Arbeit machte ihr viel Spaß. Ihr Eifer und ihre Freude ließen diesen ersten

Tag schnell vergehen. Sie bemerkte nicht, dass die Chefin von Zeit zu Zeit in der Tür stand und sie bei der Arbeit beobachtete. Pünktlich um 16 Uhr stand Frau Resebohm plötzlich neben ihr.

„Ich freue mich sehr, dass Sie heute bei mir gearbeitet haben", meinte sie lächelnd. „Die Kunden schienen sehr zufrieden und Sie haben Ihre Arbeit außerordentlich gut gemacht. Ich würde mich sehr freuen, wenn Sie in den nächsten Wochen und Monaten die Vertretung übernehmen könnten. Sollten Sie sich weiterhin so geschickt anstellen, dann könnte ich mir sogar vorstellen, dass ich Sie fest einstelle. Solch eine fleißige Kraft kann ich sehr gut gebrauchen, vor allen Dingen in der Hauptsaison."

Sonja strahlte. Natürlich wollte sie diese Arbeit übernehmen. Die Arbeitszeit sollte in den nächsten Wochen ebenfalls von zehn bis sechzehn Uhr dauern. Günstiger ging es nun wirklich nicht. Es blieb genügend Zeit, Besorgungen zu erledigen und das Abendessen herzurichten. Vielleicht würde sich das gespannte Verhältnis zu Marius lockern, wenn er von ihrer neuen Arbeit erführe. Sie freute sich auf den wohlverdienten Feierabend, denn ihre Füße taten vom ungewohnten Stehen weh. Morgen würde sie bequemere Schuhe anziehen.

Sonja eilte nach Hause und nahm den süßen Duft der Backwaren mit in ihre Wohnung. An diesem Abend kam Marius pünktlich nach Hause. Sie hatte das gestrige Essen aufgewärmt und sich gerade zu Tisch gesetzt.

„Hast du gebacken?", waren seine ersten Worte.
„Nein", antwortete Sonja. „Ich habe heute zur Probe gearbeitet."
„Wo willst du denn gearbeitet haben", höhnte Marius. „Mit den Klamotten, die du trägst, nimmt dich doch sowieso niemand. Früher warst du eine richtige Augenweide, aber da warst du ja auch jemand. Aber heute, ich weiß nicht. So, wie du aussiehst, auch mit deinen ungepflegten zotteligen Haaren. Also, ich würde dich bestimmt nicht einstellen."

„Früher hatte ich eigenes Geld und konnte mir auch mal etwas Schönes kaufen. Aber das Arbeitslosengeld reicht nun mal nicht aus. Schließlich verlangst du einen Mietanteil von mir. Wenn ich das Geld für mich alleine hätte, dann könnte ich mir auch den Frisör leisten. So aber reicht es gerade für den Mietanteil und etwas zu essen. Du bringst ja neuerdings für mich nicht einmal mehr Brötchen mit. Dabei wolltest du mich vor Kurzem sogar heiraten."

„Nun stell dich mal nicht so zickig an", raunzte er Sonja an. „Es war nicht die Rede davon, dass ich dich durchfüttere. Schließlich haben wir keine Kinder und ich kann wohl erwarten, dass du dich an den Lebenshaltungskosten beteiligst".

Sie hatte kein Interesse an diesem sinnlosen Gespräch, füllte sich das leckere Goulasch auf den Teller und begann zu essen. Sollte er doch machen, was er wollte. Sie hatte Hunger und sich das Essen wohlverdient.

Marius verließ die Küche wutschnaubend, ohne sie auch nur einmal anzuschauen oder weiter nachzufragen.

Sonja räumte die Küche auf, holte aus dem Wohnzimmer ein Buch, stellte das Radio an und machte es sich in der Küche bequem. Später würde sie sich wieder ihr Bett auf der Ledercouch zurechtmachen.

Das Buch der Freude

Sonja war sehr früh wach und freute sich auf ihren Arbeitstag. In der Küche hörte sie Marius den Kaffee aufbrühen. Sie eilte ins Schlafzimmer, um frische Anziehsachen zu holen und verschwand dann im Badezimmer. Als sie in die Küche kam, war Marius bereits gegangen.

Sonja dachte an die erste Zeit ihres Beisammenseins. Wie schön war doch diese Zeit gewesen. Beide konnten von ihrer Liebe und der Zärtlichkeit nicht genug bekommen. Marius hatte sie mit Aufmerksamkeiten und kleinen Geschenken überhäuft. Er gehörte zu der Sorte Männer, die einer Frau in den Mantel helfen bzw. die Tür aufhalten. Seine Höflichkeit hatte sie schwer beeindruckt. Oft hatte er sie zum Essen in ein besonderes Restaurant eingeladen. Gemeinsam hatten sie einen Tanzkurs besucht. Regelmäßig an den Wochenenden gingen sie entweder ins Theater oder in das nahe gelegene Kino. Sie harmonierten einfach in jeder Beziehung und nach vielen Jahren volle Sehnsucht nach Liebe schien Sonja am Ziel ihrer Träume. Schon bald fing Marius an, von Heirat und Familie zu sprechen, doch dann wurde sie unvermutet arbeitslos. Beide beschlossen, dass Sonja ihre kleine Wohnung kündigte und bei ihm einzog.

Marius hatte eine sehr gute Anstellung in einem großen Versicherungsunternehmen. Er befand sich in gehobener Stellung und konnte sich viele Wünsche erfüllen. Beide hätten in Ruhe und Frieden zusammenleben können. Schließlich suchte Sonja eifrig eine neue Arbeitsstelle. Das Gehalt von Marius hätte locker für eine große Traumhochzeit und zur Familiengründung gereicht. Woher also kam seine Wandlung?

Doch so sehr Sonja auch grübelte und ihre Gedanken sich wie ein Hamster im Tretrad drehten, sie kam zu keinem Ergebnis.

Sie hielt die Wohnung tiptop in Ordnung, putzte, wusch, kochte. Sie pflegte sich gut, trug sein Lieblingsparfum, aber nichts schien ihn mehr zu interessieren. Anfangs hatte sie besonders schöne Dessous für ihn angezogen, doch auch das ließ ihn kalt. Das Liebesthermometer zeigte auf Null.
Vielleicht hatte er eine neue Freundin?

Sonja lief schnell zum Supermarkt, um die schweren Gedanken zu vertreiben und sich die Frühstücksbrötchen zu holen. Nach dem Frühstück hatte sie noch etwas Zeit, um sich zu schminken und außerdem die Haare perfekt hochzustecken. Das war einfach praktischer beim Umgang mit Lebensmitteln.
Ihre Gedanken gingen zu ihrer neuen Freundin Esperanza. Hoffentlich gab es noch die Gelegenheit, an diesem Tag mit ihr wenigstens ein paar Worte zu wechseln!

In der Bäckerei herrschte Hochbetrieb. Auch im Café saßen bereits ab 10.30 Uhr viele ältere Menschen, die einer Busgesellschaft angehörten. Geplant hatten sie einen Besuch im Heimatmuseum, doch dieses öffnete erst um 11.00 Uhr.

Zum Nachdenken und Grübeln gab es für Sonja keine Zeit. Als sie zwei Stunden später auf die Uhr schaute, fiel ihr ein, dass sie mit Esperanza keinen Treffpunkt vereinbart hatte. Eine leichte Enttäuschung machte sich breit. Für eine kleine Atempause setzte sie sich nieder, um erneut Tische zu putzen, die Stühle zurechtzurücken und dann den Geschirrspüler auszuräumen. Zwischendurch waren immer wieder einzelne Kunden zu bedienen, was ihr viel Freude bereitete. Ihre Freundlichkeit war beliebt und im Café zahlte sich diese in barer Münze aus. Das Trinkgeld durfte sie behalten. Die mageren Zeiten hatten ein Ende. Als endlich Feierabend war, stand Esperanza bereits lächelnd vor der Eingangstür. Sie hielt eine Rose in ihrer Hand und überreichte diese ihrer erstaunten Freundin.

„So", sagte sie fröhlich. „Jetzt hast du Feierabend und ich begleite dich noch ein Stück weit nach Hause. Ich freue mich schon den ganzen Tag darauf. Du siehst so glücklich aus, liebes Kind. Ich freue mich, dass man dir endlich die Anerkennung gibt, die du verdient hast. Und heute Abend wird gefeiert", bestimmte sie dann.

„Aber das geht nicht", antwortete Sonja zögernd. „Ich muss noch das Essen für Marius zubereiten. Sicherlich hat er Hunger, wenn er heimkommt."

„Und sicherlich kann er ein einziges Mal für sich selber sorgen", meinte Esperanza mit fester Stimme. „Schließlich musste er auch klarkommen, als du noch nicht bei ihm gewohnt hast. Ich habe mir gedacht, dass wir heute in die Stadthalle zum Klavierkonzert gehen. Nein, sage jetzt nichts! Du hast verdient, dass wir deinen neuen Arbeitsplatz gebührend feiern. Du machst dich daheim etwas frisch und bestellst dir ein Taxi. Ich warte vor der Stadthalle auf dich."

Und so geschah es dann auch. Nach kurzer Suche fand Sonja ihre Freundin in der Nähe des Kassenschalters mit lediglich einer Eintrittskarte in der Hand.
„Es tut mir sehr leid, liebes Kind. Aber ich kann leider nicht mit dir in das Konzert. Hier ist deine Eintrittskarte. Genieße diesen Abend und erzähle mir morgen davon in allen Einzelheiten. Ich fühle mich sehr schwach und es geht mir nicht gut. Es tut mir sehr, sehr leid." Esperanzas Stimme klang brüchig.

Dann suchte sie in ihrer großen Manteltasche und holte ein großes Notizbuch heraus und einen Kugelschreiber.

„Ich habe dir etwas mitgebracht. Du wirst sicherlich denken, was soll ich mit diesem Notizbuch, aber ich habe eine Bitte an dich:

Bitte notiere darin jeden Tag zehn Dinge, über die du dich ganz besonders gefreut hast bzw. die dich glücklich gemacht haben. Du schaffst dir damit ein Tagebuch der Freude. Du wirst die Erfahrung machen, dass dir im Laufe der Zeit immer mehr schöne Dinge

begegnen. Denn mit Worten ist es wie mit einer Tüte Samen, die man ausstreut. Man erntet immer das, was man gesät hat.
Und was gibt es Schöneres, als Freude und Glück zu ernten, mein Kind...

…Ich muss leider für einige Zeit fort und es fällt mir sehr schwer, dich hier alleine zu lassen, denn trotz der neuen Arbeit hast du mit Marius ziemlich viele Probleme, die sich nicht von heute auf morgen lösen lassen. Versprich mir bitte, keine Dummheiten zu machen, sondern das Buch mit Freude zu füllen. Damit schaffst du dir eine neue Welt."

„Ich verspreche es dir, Esperanza. Ich vermisse dich schon jetzt."
Sonjas Stimme war leise geworden. Ratlos sah sie ihre Freundin an. Sie fühlte sich leicht durch die Tür zum Konzertsaal geschoben und bevor sie sich richtig verabschieden konnte, war Esperanza schon verschwunden.

Das Angebot

In den nächsten Tagen gab es in dem Café wie auch in der Bäckerei viel zu tun. Sonja kam überhaupt nicht zum Grübeln und machte sogar viele Überstunden. Abends war sie rechtschaffend müde. Dennoch kochte sie leckere Mahlzeiten für sich und Marius, machte die Wäsche und bügelte, bevor sie erschöpft einschlief. Eines Abends hatte sie auch wieder den Mut gefunden, im Schlafzimmer ihren Platz für sich zu beanspruchen, denn auf Dauer war es im Wohnzimmer auf der breiten Ledercouch zu unbequem. Sie lebten nebeneinander her und sprachen nur das Nötigste zusammen.

Sonja fasste den Beschluss, sich wieder eine eigene Wohnung zu suchen, sollte sie nach der Schwangerschaftsvertretung auf Dauer eingestellt werden. Sie hoffte und betete für diesen Arbeitsplatz, der ihr inzwischen viel Freude bereitete. Auch die Trinkgelder waren ein Segen. Sonja konnte sich dadurch manch einen kleinen Wunsch erfüllen. Alles, was nicht unbedingt zum Leben ausgeben werden musste, sparte sie auf ihrem neu angelegten Sparkonto. Langsam aber stetig mit diesen Rücklagen wuchs auch ihr Selbstbewusstsein.

Frau Resebohm war mit Sonja, ihrer schnellen Auffassungsgabe und ihrem Engagement äußerst zufrieden. Sie hatte vor Jahren ihre Tochter Maja durch einen tragischen Badeunfall verloren und entwickelte von Tag zu Tag mehr mütterliche Gefühle für ihre zarte und empfindsame Angestellte. Sie lachten und scherzten zusammen und mitunter, wenn gerade kein Kunde anwesend war, sangen sie gemeinsam alte Volkslieder.

„Es wäre sehr schön, liebe Sonja, wenn wir uns mit Vornamen und Du anreden könnten", sagte Frau Resebohm eines Tages zu ihr.
„Wir sind uns inzwischen so viel näher gekommen und ich freue mich jeden Tag über dich. Es ist, als hätte Gott mir eine zweite Tochter geschenkt und ich bin dafür unendlich dankbar und glücklich. Ich würde mich sehr freuen, wenn du damit einverstanden wärest."

„Gerne, danke Carla", antwortete Sonja mit einem strahlenden Lächeln und umarmte ihre Chefin herzlich.

„Ich habe eine wundervolle Idee, Sonja. Wie wäre es, wenn du ganz zu mir ziehen würdest. Ich habe im Obergeschoss ein wunderschönes Zimmer frei. Es ist Majas Zimmer gewesen und es ist immer noch möbliert. Vielleicht magst du es leiden, so wie es ist. Wenn nicht, entfernen wir die Möbel und richten dir das Zimmer her, wie du es magst. Schau es dir doch nach Feierabend einmal an. Natürlich brauchst du für das Zimmer keine Miete zu bezahlen.
Du bist mir eine große Hilfe und eine eben so große Freude. Wir könnten es uns richtig schön machen, wir beide."
Sonja fand überhaupt keine Worte, die sie hätte erwidern können. War das alles nur ein Traum?

„Du brauchst dich ja nicht gleich zu entscheiden, aber bitte denke darüber nach." Carla Resebohm war sehr leise geworden.

„Bitte lass mich darüber eine Nacht schlafen", bat Sonja zögernd. „Dein Angebot ist sehr verlockend. Aber ich denke an Marius. Ich liebe ihn immer noch, obwohl er sehr abweisend ist in den letzten Monaten. Er war ein so wunderbarer Mensch, als ich ihn kennenlernte. Ich hoffe immer noch, dieser schlimme Zustand ändert sich noch."

„Ach Sonja!" Carla war ratlos. „Ein Mann, der seine Frau immer kritisiert, der sie nur dann liebt, wenn sie seinen Wünschen entspricht, der sie nur liebt, wenn sie gestylt ist und so gekleidet, wie er es sich vorstellt – solch ein Mann hat doch überhaupt keine Vorstellung von Liebe und Achtung. Er respektiert dich nicht so, wie du nun einmal bist. Ich kann mir beim besten Willen nicht vorstellen, dass sich an diesem Zustand etwas ändert. Du kochst für ihn, machst ihm den Haushalt, bügelst seine Hemden, ganz egal, wie er dich behandelt. Warum sollte er sich ändern? Er hat doch alles, was er zum Glücklichsein braucht. Eine Hausangestellte, die ihm seine Wünsche erfüllt! Bitte denke darüber nach. Eine Liebesbeziehung sollte aus Geben und Nehmen bestehen und aus Ebenbürtigkeit. Ich sehe beides nicht."

„Ich denke darüber nach", versprach Sonja.

Nach Feierabend ging sie in die obere Etage und öffnete vorsichtig die Tür zum Zimmer der verstorbenen Tochter. Was für ein schöner Raum. Ein großes Fenster gab den Blick in den Garten frei. Dort wuchs mitten auf dem Rasen ein großer Apfelbaum. Kleine blühende Sträucher, Rhododendren und Hortensien säumten das Grundstück.

Das Fenster war umrahmt mit zart geblümten Vorhängen, die Jalousien waren halb heruntergezogen. Auf dem Nachtschrank neben dem weißgelackten Bett standen ein Wiesenblumenstrauß und eine kleine Leselampe. Das Bett war mit frischer rosafarbener Bettwäsche bezogen, davor lagen kleine Teppiche auf grauem Marmorboden, die das Zimmer elegant erscheinen ließen.

An der Wand stand ein weißgelackter riesengroßer Schrank und in der Ecke gegenüber dem großen Fenster lud ein rosafarbener plüschbezogener Sessel zu einer kuscheligen Lesepause ein.
Es gab nichts, das Sonja hätte beanstanden können. Sie hätte sofort dort einziehen können, wenn, ja wenn….

Nachdenklich ging Sonja die Treppe hinunter um sich von Carla zu verabschieden und den

Heimweg anzutreten. Da sie bereits zu Mittag gegessen hatte, schob sie für Marius lediglich eine Pizza in den Backofen. Sie wusste, dass es eigentlich egal war, was sie ihm zum Essen servierte. Die Hauptsache für ihn war, dass die Mahlzeit bereitet war, wenn er von der Arbeit heimkam. Dann setzte sie sich an den Küchentisch und notierte sofort ihre schönen Erlebnisse in das Notizbuch, das ihr Esperanza vermacht hatte.

Auf dem Küchenschrank lag neben dem Terminkalender ein Bleistift. Nachdenklich nahm sie ihn und begann zu zeichnen. So etwas hatte sie noch nie getan und so waren die ersten Striche und Linien recht unbeholfen. Sie suchte und fand im Wohnzimmerschrank ein kleines, altes Radiergummi.
Als Marius kurze Zeit später nach Hause kam, staunte er nicht schlecht, als er die fertige kleine Bleistiftzeichnung erblickte.

„Donnerwetter", meinte er anerkennend, „das hast *du* gezeichnet?" Die Bewunderung in seiner Stimme war unüberhörbar.

„Ja", meinte Sonja leichthin. „Ich weiß, die Zeichnung ist nicht perfekt, aber ich habe so etwas noch nie gemacht."

„Du solltest dich ausbilden lassen", meinte Marius anerkennend. „Du hast richtig Talent."

„Nun übertreibe mal nicht. Lass mich erst einmal üben, dann sehen wir weiter."

Sonja freute sich über das Lob und die Anerkennung ihres Lebensgefährten sehr. Ihre Wangen erröteten vor Verlegenheit. Zum ersten Mal seit langer Zeit wurde sie wieder von Marius beachtet. Diese Zuwendung tat ihr gut, sie war nahezu ausgehungert danach. Ach, wie sie ihn liebte. Seine Bewegungen empfand sie als sehr erotisch. Sein Gang, seine Sprache, sein Aussehen, alles war einfach perfekt.

„Du hast dich verändert, mein Schatz", staunte er. „Du bist wieder richtig aufgeblüht. Und wie deine Augen leuchten."

Zärtlich nahm er sie in die Arme und schon begann er, sie innig zu küssen. Seine warmen Hände glitten fordernd über ihren Körper. Sehnsucht erwachte und sie gab sich ihm hin mit all ihrer Liebe und Zärtlichkeit. Die Nacht nahm kein Ende und erst gegen Morgen fielen beide in einen kurzen aber tiefen Schlaf.

Am nächsten Morgen war der Tisch bereits gedeckt und Kaffee und Brötchen standen duftend bereit. Sie aßen gemeinsam und Sonjas Herz war voller Hoffnung und Liebe. Nachdem Marius das Haus verlassen hatte, nahm sie erneut Stift und Buch zur Hand und begann weiterzuzeichnen. Doch Sonja war nicht zufrieden mit ihrer Arbeit. Die Perspektive stimmte nicht und sie war ziemlich ratlos. Doch die Zeit war knapp und so machte sie sich hastig auf den Weg zur Arbeit.

Carla Resebohm war sichtlich enttäuscht, als Sonja ihren Entschluss mitteilte, erst einmal mit Marius weiterhin zusammenzuwohnen. Sie hatte sich alles so wunderschön vorgestellt.

„Du wirst schon wissen, wie es für dich richtig ist, Sonja. Vielleicht ist er ja der Richtige für dich und er bemüht sich ehrlich um eine gemeinsame Zukunft mit dir.

Solltest du es dir aber doch eines Tages anders überlegen, dann bist du jederzeit herzlich willkommen. So, und nun rasch an die Arbeit. Für heute hat sich eine Reisegesellschaft angemeldet. Es gibt also allerhand zu tun. Schneidest du bitte die Torten? Und dann stell doch bitte frische Blumen auf die Tische".
Und schon eilte sie in die Backstube.

Geheimnisse

Die nächsten Tage waren mit Arbeit und Freude ausgefüllt. Früh morgens schon saß Sonja in der Küche und zeichnete. Sie machte große Fortschritte. Abends, wenn alle Hausarbeit getan war, hatte sie meist keine Lust, ins Bett zu gehen, trotz der Müdigkeit und den oft schmerzenden Füßen. Lieber saß sie noch für eine Stunde in der Küche und zeichnete weiter.

Sie machte große Fortschritte. Alles, was sie in der Zeitung und in Illustrierten für schön erachtete, wurde jetzt im Notizbuch zeichnerisch festgehalten. Ganz besonders hatten es ihr Fotos von Katzen angetan.
Dass Marius abends fortging, ohne ihr zu sagen, wohin er noch wollte, störte sie herzlich wenig. Sonja vergaß beim Zeichnen alles um sich herum.

Im Laufe der nächsten Tage entstanden viele wunderschöne Studien in ihrem Notizbuch und Sonja freute sich auf das Wiedersehen mit Esperanza. Was würde ihre Freundin sagen, wenn sie diese Zeichnungen endlich sehen würde.

Und dann war es endlich so weit. Eines Nachmittags, gerade zur Feierabendzeit, stand Esperanza wieder vor dem Café.

„Hallo, meine Liebe", begann sie ohne Umschweife. „Wie schön ist es doch, dich wiederzusehen. Ich habe oft an dich gedacht.

Hast du Lust, mit mir noch ein Stück weit zu gehen. Ich bin zwar wie immer sehr erschöpft, doch möchte ich gerne von dir wissen, wie es dir geht. Lebst du noch mit Marius zusammen?"

Die Frauen gingen den vertrauten Weg hinein in den Wald. Die Vögel sangen und die Frühlingssonne stand noch hoch am Himmel.

„Ich bin momentan sehr glücklich", antwortete Sonja. „Nachdem ich mit Schreiben und Zeichnen begonnen habe, beachtet Marius mich wieder. Auch hatten wir unlängst eine wunderschöne Nacht. Es war atemberaubend. Endlich ist alles wieder so wie am Anfang unserer Beziehung und ich glaube und hoffe, dass jetzt alles wieder gut wird."

„Na, wenn das so ist!" Esperanza wiegte nachdenklich den Kopf. „Vielleicht magst du mir einmal dein Notizbuch zeigen. Nein, ich will nicht darin lesen, nur anschauen möchte ich mir deine Aussaat von Freude und Glück."

Sie setzten sich auf eine alte Bank, die am Wegrand stand und Sonja zückte aus ihrer Handtasche das rote Buch.
„Hier, schau mal, ich habe meine ersten Zeichnungen fertig. Ich bin total glücklich, dass du mir dieses Geschenk machtest. Ich

hätte sonst niemals entdeckt, was alles in mir steckt." Und stolz hielt Sonja ihrer Freundin die Aufzeichnungen entgegen.
Still betrachtete Esperanza die wunderschönen Bleistiftzeichnungen. Ihre Augen füllten sich mit Tränen. „Du hast großes Talent, meine Liebe", sagte sie mit brüchiger Stimme. „Das hast du von deinem Vater geerbt. Er war ein großer Künstler, weißt du."

„Du kanntest meinen Vater?" Sonja war erstaunt. „Woher weißt du etwas von ihm? Kennst du meine Mutter? Hat sie dich geschickt? Nun sag doch mal was!"

Esperanza schien sie nicht zu hören. Sie streichelte über die Seiten des Buches und war ganz versunken in der Betrachtung. Dann stand sie unversehens auf, lenkte ihre Schritte zum Waldrand und forderte Sonja auf, ihr zu folgen.

„Nun bedränge mich nicht so, Liebes. Bitte habe Geduld. Ich verspreche dir, alle deine Fragen werden beantwortet. Glaube mir. Aber momentan ist es dafür noch zu früh. Ich bitte dich von ganzem Herzen, lasse dich weiter ausbilden.
Gehe zu Volkshochschulkursen, besuche andere Künstler, schaue dir Ausstellungen an und arbeite fleißig weiter. Ich habe dir noch

etwas mitgebracht. Es wird dir sicherlich Freude machen."

Esperanza nestelte wieder in ihrer großen Manteltasche und holte einen Block heraus. Dann kramte sie weiter und fand ein Etui mit zwei Pinseln. Und dann, ihre Augen strahlten wie Sterne, legte sie einen kleinen Aquarellfarbkasten in Sonjas Hände.

„Ich bitte dich, diese Sachen anzunehmen.
Sie sind von meinem verstorbenen Sohn. Er war ein begnadeter Künstler, immer voller Ideen und Schaffenskraft. Er verkaufte seine Bilder in der ganzen Welt und diese Welt lag ihm zu Füßen. Seine Arbeiten wurden geschätzt und geliebt."

Esperanza verstummte. Sonja schaute fragend und ratlos ihre Freundin an. Erst jetzt bemerkte sie, dass sie den kleinen Waldfriedhof erreicht hatten und Esperanza vor einem der Grabsteine stehen geblieben war. Voller Bestürzung las sie die Inschrift:

Hier ruht in Frieden

**Alexander Wedukind
15.2.1968 - 24.6.1992**

„Bitte verzeihe mir, aber ich möchte und kann dir weitere Fragen jetzt nicht mehr beantworten." Und noch ehe sich Sonja von ihrem Schrecken erholen konnte, war Esperanza bereits verschwunden, als hätte sie der Erdboden verschluckt. Nachdenklich machte sich Sonja auf den langen Heimweg.

Die Woche verging schnell und abends war Sonja rechtschaffen müde. Dennoch versuchte sie, neben allen schönen Ereignissen, die sie in ihr Freudebuch eintrug, auch die ersten farbigen Bilder auf Papier zu bringen. Das war anfangs sehr schwer und so kaufte sie sich kleine Anleitungsbücher, um den Umgang mit den Aquarellfarben zu erlernen.

Sie war so vertieft in diese neuen Erfahrungen, dass sie gar nicht bemerkte, dass Marius kaum noch nach Hause kam und wenn er dann spätabends eintraf, lag sie schon übermüdet und glücklich in ihrem Bett und schlief.

Veränderungen

Der Sommer zeigte sich in diesem Jahr in voller Pracht und Schönheit. Sonja hatte viel zu tun in Carlas Bäckerei. Freie Zeit fand sie nur abends nach der Hausarbeit und diese Zeit nutzte sie, weitere Studien mit ihren inzwischen liebgewordenen Farben zu machen. Unter ihren Pinselstrichen entstanden bezaubernde Landschaften und Blumenstillleben. Sie sehnte sich nach Esperanza, die seit Tagen unauffindbar war.

Die Tage waren zum Glück ausgefüllt mit Arbeit. Marius sah sie nur sehr selten. Er machte an den Wochenenden oftmals Überstunden oder besuchte diverse Seminare. Es gab keinen Grund, daran zu zweifeln.

Marius schenkte Sonja Lob und Bewunderung, ihre künstlerische Tätigkeit betreffend. Interessiert lauschte er ihren begeisterten Berichten über die besuchten Ausstellungen. Allerdings fielen ihm während ihrer Schilderungen oftmals die Augen einfach zu und er schlief auf der Ledercouch ein. Sonja entschuldigte dieses Verhalten mit seinen vielen Überstunden, zog sich zurück in die Küche an den kleinen Tisch und malte und experimentierte, bis auch sie von Müdigkeit übermannt wurde.
Eines Morgens erwachte Sonja mit schrecklicher Übelkeit. Kaum schaffte sie es bis in das Badezimmer. Das Frühstück wollte nicht schmecken und so entschied sie sich, lediglich einen schwarzen Tee und ein trockenes altes Brötchen zu sich zu nehmen.
Obwohl sie sich schlapp und energielos fühlte, kleidete sie sich sorgfältig an, um

ihrer Arbeit pünktlich nachkommen zu können. Carla Resebohm sah sie besorgt an.

„Meinst du wirklich, heute arbeiten zu können?", fragte sie zweifelnd. „Ich glaube es ist besser, du gehst wieder nach Hause und kurierst dich aus. Sonst steckst du unsere Gäste und Kunden nur mit deinem Virus an.
Mache dir bitte keine Sorgen, gestern ist Hilfe eingetroffen. Sven Hartmann, der Sohn meiner besten Freundin, wird bei uns als Geselle arbeiten. Er hat in Passau gelernt und bringt viele neue Ideen mit. Du siehst, ich habe Verstärkung und du brauchst hier keinen Heldenmut zu beweisen. Du wirst mir lieber bald wieder gesund und voll einsatzfähig. Ich wünsche dir gute Besserung, meine Liebe."

Es gab keine Widerrede. Und obwohl es Sonja inzwischen wieder besser ging und sie sich voll einsatzfähig fühlte, ja, sie sogar wieder Appetit beziehungsweise Hunger verspürte, blieb ihr nichts anderes übrig, als unversehens den Heimweg anzutreten, denn Carla Resebohm zeigte sich unerbittlich.

Sonja blieb an diesem Tag zu Hause, malte und schrieb und fühlte sich gesund. Jedoch als sie abends das Fleisch für das Abendessen anbraten wollte, wurde ihr schon von dem Geruch speiübel. Marius würde heute Abend entweder selber kochen oder es mit einer Scheibe Brot vorlieb nehmen müssen. Sonja legte sich schlafen und hinterließ ihm eine kleine Notiz auf dem Küchentisch.

Am anderen Morgen war Marius bereits gegangen, als sie erwachte. Schon beim Aufstehen überkam sie erneute Übelkeit und so rief sie bei Dr. Engelbrecht an und vereinbarte für den späten Vormittag einen Termin. Auch Carla Resebohm wurde darüber informiert. Diese zeigte sich zutiefst besorgt und bat ihre Angestellte, sich anschließend noch einmal zu melden.

„Wenn du irgendetwas benötigst, meine Liebe, dann sage mir bitte ehrlich Bescheid. Ich kann dir abends eine kleine Suppe kochen oder einen Tee."

„Aber Carla", protestierte Sonja lachend. „Ich habe mir doch bloß den Magen verdorben und bin nicht sterbenskrank. Vielleicht komme ich morgen schon wieder zur Arbeit. Bis später!". Fröhlich beendete sie das Telefonat, um sich noch eine Weile hinzulegen und auszuruhen.

Dr. Engelbrecht untersuchte die junge Frau gründlich. Nachdem er kurz mit dem Labor telefoniert hatte, lächelte er, erhob sich und streckte Sonja die Hand entgegen.

„Ich gratuliere Ihnen. Sie sind schwanger. Haben Sie das denn gar nicht bemerkt?"

Sonja starrte den Arzt entgeistert an. Dann überkam sie ein warmes Glücksgefühl. Tränen der Freude rollten aus den weit geöffneten Augen.

„Na, zum Weinen ist das doch wirklich nicht!" Dr. Engelbrecht lachte sie an. „Ich hoffe doch, Sie freuen sich über diese Nachricht. Oder wäre Ihnen eine Magen-Darm-Grippe lieber?"

„Nein, Herr Doktor. Sie können sich gar nicht vorstellen, wie sehr ich mich darüber freue."

„Ich gebe Ihnen eine Überweisung mit für Ihre Frauenärztin. Denn das ist in diesem Fall die richtige Adresse für Sie."

Sprachlos vor Glück verließ Sonja die Praxis. Inzwischen war es Mittag geworden und ihr Weg führte schnurstracks in die Bäckerei. Diese freudige Nachricht musste sie sofort und persönlich überbringen. Carla Resebohm musste sich erst einmal setzen, als die überglückliche Sonja mit ihrer Neuigkeit heraussprudelte.

„Du hast selbstverständlich heute frei, meine Liebe", meinte sie nach einer Weile. „Mache dir einen schönen Nachmittag und genieße diesen Tag. Wir sehen uns morgen Vormittag wieder. Und mache dir keine Sorgen um deine Arbeit. Du kannst Pausen machen, so oft du willst, wenn dir zwischendurch schlecht wird. In ein paar Wochen geht es dir dann sowieso wieder besser."

Sonja dankte und eilte nach Hause. Unterwegs besorgte sie eine Flasche alkoholfreien Sekt, Rumpsteaks, Rosenkohl und Kartoffelklöße. Sie wollte ein leckeres Abendessen bereiten und Marius diese freudige Nachricht bei einem Glas Sekt und bei Kerzenschein überbringen. In freudiger Stimmung öffnete Sonja die Wohnungstür. Aus dem Wohnzimmer waren leise Stimmen zu hören. Sollte sie vergessen haben, den Fernseher auszustellen?

Sie öffnete die Zimmertür und erstarrte. Auf der Ledercouch lagen nahezu unbekleidet ihr Marius und eine unbekannte blonde wohlgeformte Schönheit, versunken in sexueller Zweisamkeit. Beide bemerkten nicht, dass sie beobachtet wurden.

Sonja war wie gelähmt. Einer Ohnmacht nahe schaffte sie es, die Tür wieder leise zu schließen. Ihr Atem flog, ihr Herz raste. Sie stellte die gefüllten Einkaufstüten auf den Tisch in der Küche, drehte sich um und verließ mit zitternden Knien die Wohnung. Ihr war schwindelig. Die frische Luft tat ihr gut, als sie vor die Tür trat. Für einen Moment schloss sie die Augen. Als sie sie wieder öffnete, stand Esperanza vor ihr. Sonja fühlte sich in die Arme genommen und sofort füllten sich ihre Augen mit Tränen.

„Weine ruhig, mein Kind!" Esperanzas Hände strichen sanft und liebevoll über den Rücken ihrer Freundin. „Nachher erzählst du mir bitte alles. Komm ein paar Schritte mit mir. Die warme Sonne wird dir gut tun."

Langsam traten sie aus dem Schatten des Hauses in das gleißende Licht der Sommersonne. Ein paar Straßen weiter führte ein Weg in die nahe Parkanlage. Dort auf einer Bank konnte Sonja ungestört berichten.

„Am besten gehst du sofort zu Frau Resebohm", war Esperanzas einziger Kommentar. „Wie du erzähltest, hat sie für dich ein Zimmer parat. Du kannst morgen Vormittag sicherlich ein paar Sachen aus der Wohnung holen. Ich werde dich nun ein kleines Stück deines Weges begleiten."

Sonja antwortete nicht. Teilnahmslos lief sie neben Esperanza her. Sie konnte die Situation einfach nicht begreifen.

Frau Resebohm hatte gerade alle Hände voll zu tun, als Sonja tränenüberströmt die Bäckerei betrat. Trotzdem nahm sie sich für ihre Angestellte die notwendige Zeit, führte sie in das angrenzende Zimmer und schon nach kurzer Zeit war sie über alle Geschehnisse informiert. Wortlos reichte sie Sonja die Zimmerschlüssel, nahm sie in die Arme und versprach, sofort nach ihr zu schauen, wenn die letzten Kunden den Laden verlassen hätten.

Als Sonja das Zimmer betrat, überkam sie eine wohltuende Ruhe. Ein leichter Wind bewegte sanft die bunten Vorhänge und die Luft duftete nach Sommerblumen. Sie legte sich auf das Bett und schlief erschöpft ein.

Wie lange sie geschlafen hatte, sie wusste es nicht. Sie erwachte, als es leise an die Zimmertür klopfte. Carla trat ein, stellte eine Tasse mit köstlich duftendem Jasmintee auf den Nachtschrank und setzte sich zu Sonja auf die Bettkante.

„Ich hoffe, es geht dir besser, meine Liebe?", fragte sie mit sanfter Stimme. „Du brauchst mir nichts zu erklären. Du weißt, dass du hier ein Zimmer hast, also bitte ich dich zu bleiben. Wenn du magst, holen wir am Samstagabend deine Möbel und deine Habseligkeiten aus der Wohnung. Ich habe bereits Sven um Hilfe gebeten. Auch er hat Zeit für dich. Also, was ist? Nimmst du unser Angebot an?"

Mit großen Augen sah Sonja ihre Chefin an. Dann nickte sie zustimmend und wieder füllten Tränen ihre Augen.

„Ich lasse dich jetzt alleine. Weine dich aus, das ist gut für die Seele. Nachher aber hole ich dich zum Essen. Ich mache uns eine leckere Kräutersuppe. Sie wird dein Herz und deine Seele wärmen. Schließlich braucht dein Baby ab jetzt deine ganze Liebe. Und es braucht eine fröhliche Mama, damit es Lust hat, auf die Welt zu kommen."

Carla verließ mit leisen Schritten das Zimmer. Am Abend saßen die beiden Frauen auf der Terrasse und genossen die aromatische Suppe, die Ruhe und die Abendsonne.

Am nächsten Morgen stand Esperanza pünktlich vor der Bäckerei, um ihre Freundin zur Wohnung zu begleiten. Beide beschlossen, nicht mehr über die gestrigen Ereignisse zu reden. Sonja betrat die

Wohnung und vergewisserte sich, dort alleine zu sein. Dann räumte sie schnell die Kleidung in ihre Reisetaschen, holte aus dem Keller zwei große Kartons und verstaute die wenigen Habseligkeiten, die ihr beim Einzug in die Wohnung geblieben waren.

Die fertigen Bilder, die Malsachen das Freudebuch und ihre persönlichen Papiere und Dokumente kamen in eine Extratasche. Eilig brachte sie alles nach draußen, denn vor der Tür wartete bereits das bestellte Taxi. Hilfsbereit stellte der Fahrer die Kartons und Taschen in den Kofferraum seines geräumigen Fahrzeugs.

Sonja ging noch einmal zurück in die Wohnung. In der Küche stapelten sich schmutzige Gläser und Geschirr. Marius Wäsche lag achtlos auf dem Fußboden des Badezimmers. Sie schloss für einen Moment die Augen, atmete noch einmal tief durch, legte den Wohnungsschlüssel auf den Küchentisch. Dann verließ sie das Haus, ohne sich auch nur einmal umzudrehen.

Esperanza wartete vor der Tür und erklärte dann, dass sie sich für heute verabschieden müsse. Sonja lächelte. Sie fühlte sich dennoch nicht alleine. Dankbar stieg sie in das Taxi.

Entwicklungsschritte

Die ersten Tage in neuer Umgebung fielen Sonja sehr schwer. Die nächtlichen Geräusche, die aus der Backstube durch das Haus hallten, waren ungewohnt laut und sie konnte oft nicht mehr einschlafen.
Es dauerte einige Wochen, bis Sonja sich an den neuen Rhythmus gewöhnt hatte. Oftmals war sie übermüdet und nicht sonderlich leistungsfähig. Carla Resebohm freilich meinte, die Ruhelosigkeit käme von der Trauer um das Ende ihrer Beziehung. Denn Sonja schien mitunter innerlich wie erstarrt.

Die Sommerferienzeit war inzwischen angebrochen, das Café war an den Wochenenden nahezu überfüllt und Sonja fand keine Zeit mehr zum Nachdenken. Treu und brav trug sie jeden Abend zehn kleine Tagesfreuden in ihr Notizbuch ein, was ihr sehr schwer fiel, denn sie vermisste Esperanza. Zwar hatte sie sich daran gewöhnt, dass die Alte kam und ging, wie sie wollte, doch das tage- bzw. wochenlange Ausbleiben ihrer Freundin machte ihr Sorgen.

Auch machte sich Sonja Gedanken darüber, wie es überhaupt möglich war, dass ein Mensch plötzlich erscheinen und eben so plötzlich wieder verschwinden konnte. Sie holte sich Bücher über Phänomene und Engel aus der Bücherei, konnte aber dennoch keine richtige Erklärung darin finden. Manches, was sie las, war dermaßen unheimlich, dass sie kaum Ruhe finden konnte. Um sich von der Grübelei abzulenken, nahm sie ihren Farbkasten und den Malblock und zauberte Blumenaquarelle auf das Papier. Kurze Zeit später hatte sie alles um sich herum vergessen und fand wieder in ihre Mitte.

Ihre Werke legte sie vorsichtig in eine bunte Mappe und schob diese unter das Bett. Eines Abends klopfte es noch sehr spät an die Zimmertür.

„Schläfst du schon, Sonja", hörte sie Carla flüstern.

„Nein, komm nur herein. Ich arbeite noch."

Carla betrat neugierig das Zimmer. Dann fiel ihr Blick auf ein beinahe vollendetes Blumenaquarell.
Zarte Sommerblüten leuchteten ihr entgegen und entlockten ihr anerkennende Worte.

„Wie und wo hast du denn das gelernt, meine Liebe? Das ist ja zauberhaft. Und dann diese Farben. Wie sie leuchten und strahlen!"
Carla war begeistert. „Hast du noch mehr von diesen zauberhaften Bildern?"

Sonja holte die Mappe mit den Aquarellen hervor und breitete die Bilder auf ihrem Bett aus.

„Um Himmels Willen!" Carla staunte. „Das ist ja eine ganze Bildergalerie. Und so etwas lagerst du unter dem Bett? Diese Bilder musst du unbedingt einrahmen. Ach, lass mich mal machen! Wir hängen die Aquarelle allesamt im Café aus. Vielleicht verkaufst du das eine oder andere und dann kannst du dir deine Träume erfüllen oder für dein Baby Geld zurücklegen. Ach Kind, du hast ein riesengroßes Talent."

Carla Resebohm stand fassungslos vor dem Bett und sah sich immer wieder die Bilder an. Gleich am Montagnachmittag, wenn Bäckerei und Café Ruhetag hatten, wollte sie zum Fotografen fahren, der in der Bahnhofsstraße Rahmen und Passepartouts verkaufte. Sicherlich hätte er manch guten Rat, wie sich die Bilder am besten präsentieren ließen.

Sonja fühlte sich total überrumpelt. Sie hatte doch nur gemalt, um ihrer Freude über die vielen unterschiedlichen Blumen Ausdruck zu verleihen. Doch keines ihrer Bilder fand sie so beeindruckend wie die Blüten, die die

Natur gezaubert hatte. Sie war überzeugt davon, dass sie niemals diesen Zauber würde einfangen können.

Als Sonja jedoch vierzehn Tage später ihre Bilder fertig gerahmt in Empfang nahm, kam sie aus dem Staunen nicht mehr heraus. Wahre Kunstwerke leuchteten ihr entgegen.

Carla und Sven fingen sofort an, im Café die vorhandenen Bilder ab- und Sonjas Bilder aufzuhängen. Die Atmosphäre im Raum veränderte sich augenblicklich. Am nächsten Morgen gab es eine kleine Feier für die Kunden und Cafébesucher. Frau Resebohm bot Sekt und Orangensaft zur Begrüßung an. Auf den Tischen standen Teller mit Kleingebäck, das Sven in der Nacht extra für dieses Ereignis gezaubert hatte.

Die Gäste und Kunden äußerten viel Anerkennung und Lob. Kurz vor Feierabend kam mit hochrotem Kopf eine Stammkundin zur Tür herein, um eines der Bilder käuflich zu erwerben. Sie sammelte Orchideen und hatte sich sofort in ein kleines blaues Gemälde verliebt. Stolz nahm die junge Künstlerin ihren ersten Lohn dafür in Empfang, während Carla bereits ein neues Bild für den frei gewordenen Platz auswählte.

Die Entdeckung

Inzwischen war es November.
Sonjas Bäuchlein war schon prall und rund geworden. Carla Resebohm erlaubte nicht mehr, dass ihre Angestellte so lange auf den Beinen war.
So durfte Sonja zusammen mit Sven in der Backstube die ersten Weihnachtsplätzchen dekorieren und verpacken. Für diese Arbeiten gab es einen höhenverstellbaren Arbeitstisch und einen bequemen leicht verstellbaren Stehstuhl, denn auch das Sitzen war inzwischen recht unbequem geworden.

Carla schaute oft in die Backstube und freute sich über die jungen Leute. Immer wieder verstand Sven, die junge zarte Frau zum Lachen zu bringen. Liebevoll umsorgte er sie. Nach Feierabend machten beide gerne einen ausgiebigen Spaziergang durch den nahen Wald. So auch an diesem verhängnisvollen Abend. Sonja fühlte eine tiefe innere Unruhe. Sie war voller Sorge um Esperanza, die sie nun schon längere Zeit nicht mehr gesehen hatte. Nichts wusste sie von der alten Dame, nicht einmal den Nachnamen. Und Kunden, die sie befragte, kannten keine Frau mit diesem Namen.

Frost lag in der Luft, als Sonja um 18 Uhr noch einen Spaziergang machen wollte. Sven gab zu bedenken, dass es glatt werden könne und der Weg durch den Wald doch ziemlich uneben sei.

„Du bist jetzt im 6. Monat! Lass uns ein wenig durch die Straßen gehen und einen Schaufensterbummel machen. Das machst du doch sonst immer gerne. Es ist für dich und dein Baby inzwischen viel zu gefährlich, über holperige Waldwege zu laufen. Wie leicht könnte euch etwas geschehen!" Svens Stimme klang fest.

„Ich weiß das ja. Aber ich möchte heute noch ein einziges Mal durch den Wald. Bitte, bitte. Du passt doch immer gut auf mich auf. Du hast dein Handy auch dabei. Sollte ich wirklich stürzen und mich verletzen, dann bist du doch bei mir. Bitte Sven, nur noch heute, ich verspreche es dir. Ehrlich."

Sonja schaute ihn mit großen flehenden Augen an. Sven konnte nicht widerstehen und willigte ein. Er nahm seine große Taschenlampe und steckte sie in die warme Winterjacke. Dann bestand er darauf, dass Sonja ihre neuen warmen Wanderschuhe anzog, die ihr festen und sicheren Halt auf den unebenen Wegen geben würden.

Der Himmel war wolkenverhangen und schwere Dunkelheit umhüllte sie, als sie

aufbrachen. Es war absolut still im Wald, nahezu unheimlich. Trotzdem zog es Sonja immer tiefer hinein in die Dunkelheit.
Der Mond brach plötzlich matt durch die dunklen kahlen Äste der Bäume und beleuchtete den ausgetretenen Waldweg. Ab und zu raschelten vertrocknete Blätter unter den Füßen der beiden Wanderer.

„Lass uns endlich umkehren", mahnte Sven. „Sonst schaffst du den Heimweg nicht mehr und ich muss dich wohlmöglich noch tragen!"

„Ach bitte, nur noch bis zu der Lichtung dort vorne. Siehst du den schwachen Lichtschein am Ende des Weges. Ich möchte gerne wissen, woher dieses Licht kommt."

Seufzend und schweren Herzens willigte Sven ein und legte beschützend den Arm um Sonja. Der Weg führte beide zu einem alten Holzhaus. Die Gartentür stand offen. Schemenhaft zeigte sich im Vorgarten der Umriss einer alten gebeugten Frau.

„Schau mal, Sven. Dort steht Esperanza", flüsterte Sonja.
„Wo? Ich sehe nichts." So sehr er sich auch anstrengte, da war nur Dunkelheit.

„Aber sie winkt uns doch ins Haus. Komm, wir schauen nach, was sie von uns will."

Die Tür stand offen. Im Haus war es dunkel. Von Esperanza war nichts mehr zu sehen. Sonja folgte einem imaginären schwachen Lichtschein. Es roch muffig, staubig und ungelüftet. Und doch schien jemand anwesend zu sein. Sven durchleuchtete neugierig das Zimmer. Das Licht seiner Taschenlampe fiel auf ein Bett, das an der Seite des Raumes stand. In dem Bett lag eine alte Frau mit weit geöffneten Augen.

Voller Entsetzen schob Sven die verstörte Sonja zurück zur Haustür. Die Dunkelheit im Raum war unerträglich. Er suchte und fand endlich einen Lichtschalter. Im ersten Moment war es so hell, dass beide geblendet waren. Dann starrten beide auf die im Bett liegende Frau. Sven legte behutsam seinen Kopf auf ihre Brust, dann fühlte er nach dem Puls. Als er keinen fand, näherte er sich vorsichtig dem Gesicht der Alten. Ein schwaches Atmen war noch spürbar.

„Sie lebt noch. Gott sei Dank." Seine Stimme klang erleichtert. Sonja trat vorsichtig näher und setzte sich behutsam auf die Kante des Bettes. Dann fing sie an, leise mit der Unbekannten zu reden und streichelte vorsichtig über deren Wangen.
Währenddessen rief Sven per Handy den Rettungsdienst. Gleich darauf setzte er sich zu Sonja auf den Rand des Bettes, legte den

Arm um sie und gab ihr so die nötige Wärme und Geborgenheit. Nur kurze Zeit schien bis zum Eintreffen der rettenden Helfer vergangen zu sein.

„Ach, unser Sorgenkind schon wieder", meinte stöhnend der erste Sanitäter. „Na, Frau Wedukind. Heute haben Sie es aber wirklich übertrieben."

Leicht tätschelte er der alten Dame die Wange. Aber es kam keine Reaktion. Eilig wurde Elektrolytlösung geholt und die Patientin notversorgt. Dann wurde sie vorsichtig auf die Trage gelegt und eilig in den Wagen geschoben. Erst jetzt bemerkte einer der Männer, dass die junge blasse Frau schwanger war.
Besorgt forderte er sie auf, vorsorglich mitzufahren, damit ein eventueller Schock rechtzeitig behandelt werden könne. Sonja willigte ein, denn der Schrecken war ihr doch kräftig in die Glieder gefahren. Außerdem könnte sie nach gründlicher Untersuchung
sofort nach der schwerkranken Unbekannten schauen.
Sven versprach, das Holzhäuschen abzuschließen und den Schlüssel mit in die Bäckerei zu nehmen. Nachdenklich sah er die Rücklichter des Wagens in der Dunkelheit verschwinden. Doch er besann sich nach kurzer Zeit.

Schnellen Schrittes lief er zurück zur Bäckerei, um Carla von den Ereignissen der letzten Stunde ausführlich zu berichten. Carla packte vorsorglich etwas Bekleidung in Sonjas Reisetasche, dazu das Buch, das auf dem Nachtschrank lag und eilte die Treppe hinunter. Dort wartete Sven bereits mit dem Lieferwagen der Bäckerei vor der Tür und mit rasantem Tempo fuhren beide in die nahe gelegene Klinik.

Bereits kurze Zeit nach ihrer dortigen Ankunft entdeckten sie Sonja in der Wartehalle der Notaufnahme. Es schien ihr gutzugehen. Ihre Augen leuchteten und in der Hand hielt sie eine Ultraschallaufnahme ihres Kindes.

„Schaut mal, wie schön es ist. Alles ist dran, die Finger, die Beine, die Füße. Die Wirbelsäule ist absolut in Ordnung, sagte mir die Ärztin. Es liegt richtig und es hat mir zugewinkt. Und dieses Mal habe ich mir sagen lassen, was es wird. Mein kleiner Junge wird voraussichtlich am 15. Februar geboren. Ach, ich freue mich schon so sehr auf ihn."

Sonjas Stimme klang aufgeregt wie nie. Sie schaute von Carla zu Sven und von Sven wieder zu Carla, die beide interessiert die Aufnahme studierten.

„Also, ich kann leider überhaupt nichts erkennen", meinte Sven etwas ratlos. „Ich glaube erst, dass das ein Kind ist, wenn ich es in den Armen halten kann."

„Nun übertreibst du aber wirklich", lachte Carla. „Man kann doch ganz deutlich das süße kleine Gesicht erkennen." Dann drehte sie sich wieder zu Sonja. „Ach, mein Kind, ich bin ja so froh, dass es dir gut geht."

Und schon lagen sich die beiden Frauen in den Armen. Die Tür zur Notaufnahme öffnete sich. Eine freundliche Ärztin trat auf sie zu.

„Frau Martens?" Sie blickte ratlos zu den Wartenden.

Sonja nickte. „Wie geht es Frau Wedukind?"

„Es ist sehr ernst. Wir müssen abwarten. Gehen Sie ruhig nach Hause. Die alte Dame ist hier in den besten Händen. Wenn Sie morgen früh wiederkommen, bringen Sie bitte etwas Wäsche, Zahnbürste und andere notwendigen Dinge mit. Sie wird einige Tage hierbleiben müssen." Und dann verschwand die Ärztin wieder hinter der Tür.

Carla sah Sven und Sonja erleichtert an. Dann bestimmte sie, dass die beiden am nächsten Morgen sehr früh zu dem Holzhaus fahren und das Nötigste zusammenpacken sollten. Sie erinnerte beide daran, dass auch Personalausweis und Versichertenkarte zu suchen wären. Die jungen Leute lächelten. Natürlich hätten auch sie daran gedacht. Beruhigt, dass die Ereignisse des Tages doch noch gut ausgegangen waren, machten sie sich auf den Heimweg.

Solaras Traum

Trotz der Erschöpfung hielt es Sonja am nächsten Morgen nicht lange im Bett. Um sieben Uhr stand sie in der Backstube.

„Bist du fertig, Sven? Können wir fahren?"
„Nun mal langsam. Hast du denn schon gefrühstückt?"
„Nein", war die kleinlaute Antwort. „Aber das kann ich doch auch später."
„Nichts da!" Sven duldete keine Widerrede. „Dein Baby und du, ihr braucht einen richtigen Tagesablauf. Wir fahren los, wenn du etwas gegessen und getrunken hast."

Es blieb Sonja nichts anderes übrig, als sich zu fügen. Sie beeilte sich und schon kurze Zeit später machten sie sich auf den Weg. Bei Tage sah doch alles ganz anders aus. Der Weg zur Hütte war länger, als Sonja es in der

Erinnerung hatte. Der Weg war holperig und verschlungen. Endlich hielten sie vor dem niedrigen Gartenzaun. Neugierig sahen sich die beiden das Panorama an. Der früher wohl gepflegte Garten war ziemlich verwildert. Die Rosen überwucherten den schmalen gepflasterten Weg, der zu dem Häuschen führte. Sie öffneten die schwere Tür, die ächzend dem Druck nachgab. Die Fensterläden waren verschlossen, so dass es im Raum stockfinster war.

Als sie Licht gemacht hatten, schauten sie sich gründlich um. Es gab zwei Räume. Das vordere Zimmer war als Wohn- und Schlafzimmer eingerichtet. Zusätzlich gab es eine winzige Kochgelegenheit und ein kleines Waschbecken mit Warm- und Kaltwasser. Sven und Sonja staunten. Vorsichtig betraten sie den zweiten Raum. Dieser war wohl einst ein Künstleratelier gewesen. Überall standen auf Tischen und Regalen Malutensilien und Pinsel herum. Auf einer Staffelei entdeckten sie ein unvollendetes Porträt einer jungen Frau. Vollkommen überrascht bemerkte Sonja, dass dieses Porträt ihrer Mutter sehr ähnlich sah.
An der Wand standen Leinwände und Holzplatten, Rahmen, Glasscheiben und sonstige Mappen. Der ganze Raum war liebevoll gepflegt, so als würde der Künstler jeden Moment zur Tür hereinschauen.

Voller Ehrfurcht und Staunen verließen die beiden Besucher das Atelier und traten zurück in den ersten Raum. Jetzt erst bemerkten sie an der Wand über dem Bett ein großes Bild, das einen Engel darstellte.

Unter dem Gemälde hing ein kleines weißes Schild. Sie traten näher und lasen:

Esperanza - Engel der Hoffnung

Für meine geliebte Mutter
Solara Wedukind
zum 15. Februar 1992

In Liebe - Alexander

Auf dem kleinen Schrank seitlich des Bettes stand ein Wecker, der noch mit der Hand aufgezogen werden musste. Daneben lag eine alte Taschenlampe. Unübersehbar war aber ein silberner Bilderrahmen, in dem das Foto eines jungen Mannes steckte. Der Rahmen war mit einer schwarzen Schleife verziert, auf der mit goldenen Buchstaben „Alexander" geschrieben stand.

Sonjas Blick war tief verschleiert, als sie die Zusammenhänge begriff. Sie bat Sven um sein Handy und wählte die Nummer ihrer Mutter.

„Martens", ertönte es verschlafen am anderen Ende.

„Entschuldige bitte, Mutter, dass ich dich so früh störe. Hier ist Sonja. Ich weiß, dass du noch geschlafen hast. Doch ich muss dich jetzt etwas fragen. Wie heißt mein Vater mit Nachnamen?"

Die Antwort kam unversehens und Sonja wurde bleich. Mit kurzem Dank beendete sie das Telefonat. Mehr konnte sie heute Morgen nicht ertragen.
Sie fanden im großen Bauernschrank genügend saubere Bekleidung, Handtücher und neben dem Waschbecken Seifenschale und andere nützliche Dinge. Hastig packten sie alles in die große geräumige Ledertasche, die neben dem Bett stand. Dann machten sie sich auf die Suche nach den nötigen Papieren und fanden diese in einer Schublade des alten Küchentisches. Sorgfältig verschlossen sie die Eingangstür und machten sich auf den Weg zur Klinik.
Noch während der Fahrt beschlossen beide, in den nächsten Tagen zurückzukehren, um ein wenig Ordnung zu machen. Wenn die alte Dame zurückkäme, sollte alles blitzblank und heimelig sein.

Sven brachte Sonja bis zur Anmeldung. Sie fragte nach Frau Wedukind und wurde zur

Intensivstation geschickt. Wieder war Sven an ihrer Seite.

„Du kannst mich jetzt alleine lassen", meinte Sonja fürsorglich. „Du wirst in der Backstube dringend gebraucht. Und ich möchte noch eine Weile bei der alten Dame bleiben. Vielleicht hilft es ihr, wenn ich ihre Hand halte. Ich rufe dich gegen Mittag an. Bitte hole mich dann wieder nach Hause."

Die Trennung fiel ihnen schwer, doch wusste Sven, dass Sonja recht hatte. Schweren Herzens ließ er sie zurück. Sonja gab im Schwesternzimmer die Tasche ab und fragte nach dem Gesundheitszustand von Frau Wedukind.

„Na, dieses Mal ging es wirklich um Leben und Tod", lachte die Stationsschwester erleichtert. „Sie waren ein rettender Engel für die alte Dame, wir alle nennen sie nur Solara, das heißt „die Sonnige". Sie freut sich dann immer ganz besonders. In diesem Jahr war sie schon mehrfach bei uns. Sie vergisst immer, ihre Medikamente einzunehmen. Dann fällt sie einfach um und wird bewusstlos. Aber sie hat ja auch schon so vieles mitgemacht und hat meines Wissens keine Angehörigen mehr. Eigentlich müsste sie in einem Pflegeheim untergebracht werden, aber sie will noch nicht. Also, ich

möchte nicht so alt werden und immer alleine sein. Manchmal schaut eine entfernte Nachbarin zu ihr, aber dieses Mal ist sie für ein paar Tage zu ihrer Tochter gefahren. Na ja, dafür waren Sie ja zur rechten Zeit am richtigen Ort. Nun gehen Sie schon zu ihr. Sie schläft zwar immer noch, aber sie wird hoffentlich bald wieder aufwachen, denn der Zustand ist stabil."
Und schon eilte die Schwester von dannen.

Sonja musste sich auf dem Korridor erst einmal zurechtfinden. Da kam ihr ein junger Pfleger entgegen.

„Entschuldigung, wo finde ich denn hier Solara Wedukind."

„Na, kommen Sie mal mit. Schön, dass sie die Dame besuchen."

„Ich habe gehört, dass sie keine Verwandten mehr hat", fragte Sonja vorsichtig nach.

„Bis auf ihre Nachbarin und eine sonderbare Frau, die Frühling wie Herbst immer den gleichen alten Mantel anhat, kommt da niemand. Ich dachte mir, vielleicht ist es eine Schwester von ihr, aber sie kommt und geht und niemand außer mir hat diese Frau bisher gesehen. - So, wir sind da. Gehen Sie man hinein zu ihr. Vielleicht wacht sie auf, wenn jemand mit ihr redet. Ach, schauen Sie mal, da kommt ja die alte Dame mit dem komischen Mantel."

Sonja blickte den Flur hinunter. „Das ist Esperanza", sagte sie leise.

„Sie kennen sich?" Der Krankenpfleger war verblüfft. Er wollte noch einmal genauer nachfragen, als sein Pieper ertönte und er eilig zu einer Patientin gerufen wurde.

Sonja wartete auf Esperanza. Dann traten sie in das Zimmer ein und setzten sie sich still auf die Kante des Krankenbettes. Sonja ergriff die kühle Hand Solaras, die auf der Bettdecke lag. Liebevoll war ihr Blick auf das Gesicht der alten Dame gerichtet.

„Wie geht es dir, Sonja?" Esperanzas Stimme klang besorgt.

„Mit mir ist alles in Ordnung. Und mit meinem kleinen Baby auch. Stell dir vor, es wird ein Junge. Er wird vermutlich am 15. Februar geboren."
„Und welchen Namen hast du für deinen Jungen ausgesucht?" Esperanza sah Sonja mit eindringlichem Blick an.
Diese strahlte. „Alexander!"
Das Zimmer war plötzlich von Licht und Wärme durchdrungen. Ein tiefer Atemzug

füllte die Lungen der Schlafenden. Erstaunt sah Sonja, dass Solara ihre Augen öffnete. Klare grüne Augen sahen sie staunend an. Waren das nicht die Augen von Esperanza?

„Alexander!" murmelte Solara. Dann sah sie der jungen Frau ins Gesicht. Ein Lächeln umspielte ihre Lippen. „Da bist du ja endlich, Sonja", flüsterte sie.

Die Genannte drehte sich um zu Esperanza, aber diese saß nicht mehr neben ihr.
„Suchst du jemanden?", fragte Solara.

Sonja antwortete nicht.

Woher weißt du meinen Namen?", kam ihre Gegenfrage.

Solara lächelte engelsgleich.

„Ach weißt du…", antwortete sie leise, „ich hatte einen langen wunderschönen Traum."

Brigitte Anna Lina Wacker wurde 1953 in Voigtding, jetzt Wingst geboren.
Bereits in ihrer Kindheit schrieb sie Gedichte, als Jugendliche widmete sie sich der Porträtmalerei.
Nach einem folgenschweren Unfall veränderte sich schlagartig ihr Leben. 1987 begann sie, sich mit der Malerei ernsthaft zu befassen und in zahlreichen Kursen ausbilden zu lassen. Zur gleichen Zeit schrieb sie ihre ersten lyrischen Verse.

Im Jahr 2000 erschien ihr erster Kunst-Lyrik-Bildband im Eigenverlag
2005 folgte ein Engelbildband in limitierter Auflage.
Veröffentlichungen ihrer Gedichte und Kurzgeschichten erfolgten im eigenen Buch „Gefühlt-Gespürt-Geträumt" und in diversen Anthologien des Wolkenreiter-Verlags Fuldatal.
2011 wurde ihr Gedicht „Ich bin" in der Jokers-Gedichte-Datenbank der besten deutschsprachigen Gedichte veröffentlicht.
2012 wurde ihr Gedicht „Wunder Engel" in die Anthologie „Einfach nur ein Engel", net-Verlag, aufgenommen.
Ebenfalls im Jahre 2012 erschienen die ersten Kurzgeschichten und Romane im BoD-Verlag

Weitere Bücher von Brigitte A.L. Wacker:
Und alles nur aus Liebe (Roman)
ISBN 978-3-8482-1773 1

Lass meine Hand nicht los (Roman)
ISBN 978-3-8482-1406-8

leben-lachen-lieben
Bilder – Gedichte - Kurzgeschichten
ISBN 978-3-8448-06281

Engel auf meinem Weg
Facetten einer Lebensgeschichte
ISBN 978-3-8448-08490

Abschied von Robert
Eine wahre Begebenheit
ISBN 978-3-8482-1356-6

WUNDERSAM (wahre Geschichten)
ISBN 978-3-8482-6337-0

Sterne in dunkler Nacht (Erzählung)
ISBN 978-3-8482-3172-0

**Hein Wattwurm auf Reisen
und andere Geschichten**
ISBN 978-3-8482-0266-9

Kita – Vier Pfoten, eine Liebe
die Geschichte eines Hundes
ISBN 978-3-7322-4902-2

Ich gebe dir Engel mit auf den Weg
Bilder und Gedanken
ISBN 978-3-7322-9926-3

Liebevolle Wünsche und Gedanken für dich...
ISBN 978-3-7357-1764-1